Isabelle Breau

Les aventures de Simone

« L'enfant du Pays »

Roman Policier

Loi n°49-956 du 16 juillet 1949 sur les publications destinées à la jeunesse, modifiée par la loi n°2011-525 du 17 mai 2011.

© 2021, Isabelle Breau
Édition : BoD – Books on Demand,
12/14 rond-point des Champs-Élysées, 75008 Paris
Impression : BoD - Books on Demand,
Norderstedt, Allemagne
ISBN : 9782322381166
Dépôt légal : Septembre 2021

Chapitre 1

Dans un petit village charentais, Saint-Ciers-sur-Bonnieure, tous les villageois se connaissent. Simone veuve et retraitée de la mairie prétend toujours s'ennuyer et se plaint de cet ennui. Pourtant elle aime bien s'immiscer dans la vie des autres. De nature curieuse, elle est toujours là où on ne l'attend pas et fourre son nez partout. Son fils Emilien, chef de la police du village, célibataire endurcit fait de son mieux pour lui tenir compagnie et la divertir.

Samedi 12 Juin, 14h, Simone est tranquille chez elle, elle fait son tricot.

La sonnette de la maison se mit à retentir et une femme criait en tambourinant à la porte.

« Simone, ouvre, Simoooonnneeee »

Simone se leva en ronchonnant : « Thiau vielle, l'arrêtra donc pas d' beuler ! »[1]

Simone ouvrit la porte, c'était son amie Odette qui s'écriait :

« Il est là Simone ! Il est revenu » en hurlant à tue-tête.

« Qui qu't'as à t'éjabrailler d'même ? Mais de quoi parles-tu ? »[2]

« Bah de Pierre !!! Il est revenu Simone, l'enfant du village, l'acteur des Etats-Unis. »

« Ho, mais le bounome, a l'est pas cor calanché ? »[3]

« Simone, il a loué la scène nationale à Angoulême, il va faire une pièce de théâtre et recherche des acteurs du village pour les petits rôles. Il faut que l'on se présente !

---

[1] Thiau vielle, l'arrêtra donc pas d' beuler ! : Cette vieille femme, elle ne s'arrêtera donc jamais de pleurnicher !

[2] Qui qu't'as à t'éjabrailler d'même ? : Qu'est-ce que tu as à hurler de cette façon ?

[3] Le bounome, a l'est pas cor calanché ? : Le vieil homme il n'est pas encore mort ?

« Ah oui ! Allons-y ! Mais pour l'audition, hors de question !!!!!!! »

Simone et Odette partirent toutes les deux en 4L jusqu'au lieu de l'audition.
Arrivées sur place, Odette se gare et toutes deux entrèrent dans ce monument majestueux créé à la fin du XIXe siècle.

Elles entrèrent et une foule de personnes étaient présentes. Au loin, Simone voit son ami Archibald.

« Bonjour Archibald, tu es venu passer l'audition ? »

« Simooooone, je suis content de te voir ! Non, je suis venu voir mon ami d'enfance Pierre, ce grand acteur de théâtres et de films. Le savoir revenu ici me procure une grande joie. Et toi tu es venue pour l'audition ? »

« Sûrement pas ! J'accompagne mon amie Odette qui veut la passer. »

« Avec toute cette bonne humeur, dit Archibald, accepterais-tu que je t'invite au restaurant ce soir ? »

« Comment refuser une si belle invitation !!! fit Simone, avec plaisir Archibald. »

Pierre arriva dans cette salle immense, les gens étaient ébahis. Il fit le tour de la salle, salua tout le monde et reconnut de suite son ami Archibald.

« Archibald !!!!!! Mon ami ! En se serrant dans les bras, comment vas-tu ? »

« Je vais bien Pierre, et toi alors ? Après toute cette absence, tu t'es enfin décidé à revenir aux sources et à remonter sur les planches ? »

« Oui, 40 ans d'absence et 15 années au vert, ça me manquait et je suis heureux d'être ici. »

« Ho, tiens, tu te souviens de Simone et d'Odette ? »

« Mais oui bien sûr, bonjour Odette, quand à Simone, même si je l'ai connu que ma dernière année avant de partir aux États-Unis, comment oublier une femme aussi merveilleuse. »

« Pierre, quel flatteur » répondit Simone.

« Vous êtes venu pour les auditions ? » répliqua Pierre.

« Non, dit Archibald, moi c'était pour le plaisir de te revoir. »

« Non plus !!! dit Simone, j'accompagne Odette qui veut essayer. »

« Je vous invite alors à regarder et à vous asseoir, quand à toi Odette je t'invite à faire la queue » fit Pierre.

Le metteur en scène Gabriel et la productrice Emilie se mirent à crier.

« Tout le monde en place, nous allons commencer les auditions. »

Chacun leurs tours les habitants passaient et lisaient un petit texte. Arrive le tour d'Odette.

« Comment vous appelez-vous ? » demanda Gabriel.

« Odette »

« Veuillez lire ce texte s'il vous plait, essayez d'y mettre de l'émotion »

Odette commença :

« Je ressens ta chaleur sur ma peau............ »

" Stop ! Stop ! Stop ! désolé ça ne va pas. A bientôt, au suivant. »

« Merci, j'aurai au moins essayé », dit Odette qui part rejoindre Simone et Archibald assis dans la salle.

« Au suivant » s'écria Gabriel, le metteur en scène.

« Comment vous appelez-vous ? »

« Paula »

Veuillez lire ce texte s'il vous plait avec de l'émotion.

« Je ressens ta chaleur sur ma peau........... »

« Stop ! Stop ! Stop! Ça ne va pas, merci, au suivant. »

« Comment ça, ça ne va pas ? fit cette jeune femme. Vous ne voyez pas en moi mes qualités, mon âme d'actrice ? »

« Madame, désolé, veuillez-vous retirer et laisser la place au suivant » répliqua Gabriel.

« Non, je vais recommencer, laissez-moi une chance de me rattraper, je suis venue de Paris, je veux jouer avec le grand Pierre Benson. »

« Non !!!! Quittez cette scène » cria Gabriel.

Pierre intervint :

« Paula, c'est ça ? Écoutez, je sais ce que vous ressentez car moi aussi au début j'ai été recalé, ce n'est pas grave, ce sera pour une prochaine fois. »

D'un ton colérique, Paula répondit :

« Mr Benson, le grand Mr Benson Pierre, vous ne voyez pas mon talent et vous êtes ignoble. »

La femme partit en colère.

Les auditions se terminèrent, Pierre rejoignit Archibald, Simone et Odette.

« Je suis désolé de cet incident, il arrive parfois que certaines personnes n'acceptent pas un refus. Nous allons manger au restaurant avec mon équipe ce soir. Archibald, je serai heureux de t'avoir avec nous et de pouvoir reparler du passé » annonça Pierre.

« Merci Pierre mais j'ai déjà invité Simone au restaurant ce soir » fit Archibald.

« Simone, Odette joignez-vous à nous, venez donc aussi. » ajouta Pierre.

« J'accepte avec plaisir Pierre » dit Simone. Quand à Odette elle refusa car elle devait rentrer.

« Nous nous retrouvons vers 19h au restaurant "le Capitaine" » dit Pierre.

« D'accord » répliqua Archibald.

« Je te ramène Simone ? demanda Odette.

« Je vais la ramener » dit Archibald.

« Pas de souci, à bientôt les amis et bonne soirée » rajouta Odette en s'en allant.

Archibald et Simone prirent la route et tous les deux dans la voiture parlèrent :

« Depuis combien de temps tu connais Pierre, Archibald ? » demanda Simone.

« Depuis l'âge de 7 ans, on était à l'école primaire ensemble, on avait un autre ami qui était toujours avec nous et jusqu'à leur départ aux États-Unis, on ne se quittait jamais. »

« Depuis leur départ ? Mais qui était cette 3e personne et qu'est-elle devenue ? »

« Il s'appelait Jacques et malheureusement il est mort, il y a de cela 30 ans » répondit Archibald.

« Comment ? » demanda Simone.

« Pierre et Jacques voulaient devenir acteurs, ils prenaient des cours de théâtre à Angoulême, moi j'avais décidé de devenir mécanicien et de reprendre le garage de mon père à sa retraite. Tous les deux enchainaient les petits rôles et à 28 ans, ils se sont fait remarquer par un producteur qui leur a signé un contrat dans une série aux États-Unis, ils sont partis il y a de cela 40 ans maintenant.
Il y a 30 ans, soit 10 ans après leur départ aux États-Unis, le père de Pierre est décédé. Pierre est revenu pour ses obsèques et il est venu avec Jacques. Ils avaient décidé de rester un mois à Angoulême mais Jacques a dû partir précipitamment. Pierre lui a prêté son véhicule pour qu'il puisse aller à la gare prendre un train. Il pleuvait beaucoup et Jacques a eu un accident, il est mort sur le coup. Pierre est reparti aux États-Unis seul mais 15 ans plus tard, il a arrêté la scène. Je crois qu'il ne sait jamais remis de la mort de Jacques. »

« Quelle triste histoire. »

Archibald déposa Simone devant chez elle.

« Tu te changes, tu te fais belle et je viens te chercher à 18H30 précise. »

« Je serai prête et magnifique. »

Simone entra chez elle pour se préparer, elle se lava et se changea lorsque quelqu'un essaya d'entrer en faisant tourner le verrou dans tous les sens.

« Arrêt'de beurdoquer l'tareuil, o va teurtou cheur »[4] dit Simone.

« O l'a queuquin dans thiau cagna ? »[5] dit la personne derrière la porte.

Simone ouvra la porte, il s'agissait de son fils Emilien.

« Maman, où était donc tu passée ? Je me suis inquiété toute l'après-midi, je n'ai pas cessé de téléphoner !!! »

« Je me suis promenée avec Odette, nous sommes allées à la scène nationale d'Angoulême, Odette avait une audition et tenait absolument à ce que je l'accompagne. »

---

[4] Arrêt' de beurdoquer l'tareuil, o va teurtou cheur : Arrête de secouer le verrou comme ça sinon tout va tomber.

[5] O l'a queuquin dans thiau cagna ? : Il y a quelqu'un dans cette maison ?

« J'ai entendu dire qu'une pièce allait se jouer avec un acteur connu du cinéma ? » fit Emilien.

« C 'est vrai mon grand !!!!! Il s'appelle Pierre, c 'est un enfant du village, je l'ai très peu connu autrefois mais je l'avais croisé au garage du père d'Archibald lorsque j'y déposé mon véhicule et sache qu'il m'a invité à dîner au restaurant ce soir »

Surpris, Emilien ne savait plus quoi dire.

« Quel restaurant ? »

« Le Capitaine » dit Simone.

« Maman, c'est un restaurant 3 étoiles !!!!! »

« Hé alors, ta maman n'a pas le droit d'y aller sans ta permission ? Ou penses-tu que je ne puisse pas aller dans ce genre de restaurant trop chic pour moi ? »

« Non, ce n'est pas ça maman !!!!!! Mais c'est ta tenue ! »

« Ha ! Elle est trop chic c'est ça ! »

« Je ne dirai pas ça ! »

« Quoi alors ? J'ai mis ma robe rouge à fleurs, ce sont de très belles marguerites jaunes, mes bas de contentions, mes espadrilles et mon beau châle blanc. Tu essaies de dire que ta mère n'est pas belle ? »

« Ho, non maman ! Je n'arrive simplement pas à trouver les mots pour dire ce que je ressens en te voyant ! Charmante, c'est ça, charmante !!!! Et comment t'y rends-tu ? Tu n'es pas véhiculée ! »

« Archibald vient me chercher à 18h30 précise. »

« Ha, mais tu n'y vas donc pas seule à ce repas ? »

« Bah voyons, me crois-tu capable de tromper ton père Emilien ? »

« Il est décédé maman ! »

« Et alors ? Il reste mon mari ! »

« Très bien maman ! Passe une bonne soirée, sois prudente et si tu as besoin de moi, appelles-moi. »

Emilien part de chez sa mère et en attendant Archibald, elle peaufine son maquillage, un peu trop même.

Il est 18h30, Archibald arrive chez Simone au volant de sa 2CV. Il klaxonne et crie :

« Tu es prête Simone !!!! »

« Oui, oui, j'arrive ! Attends-moi dans la voiture. »

Simone sort, Archibald découvre avec stupeur la tenue de Simone. Il ferme les yeux en se disant : « mais c'est quoi ça ? »

Simone monte et lui dit :

« Alors, je suis belle ? »

Archibald ne sachant pas quoi trop dire :

« Oui tu es, tu es heu !!! Splendide, oui voilà splendide Simone. »

« Tu es un homme de goût Archibald, petit coquin. » Désappointé Archibald démarre et tous deux partirent en direction du restaurant.

Chapitre 2

Simone et Archibald avaient rejoint Pierre et toute l'équipe dans le restaurant. Ils étaient 15 à table. Acteurs de la pièce, Pierre, sa productrice Emilie et son metteur en scène Gabriel.
Tous sont restés éberlués par la tenue de Simone.

Le repas débuta avec une soupe que Simone avait choisie pour l'entrée et à la fin de sa soupe, Simone demanda à la serveuse :

« Laissez le pinard ! Je vais faire "godaille". »[6]

Surprise, la serveuse resta figée et écarquilla grand ses yeux. Quant au reste de la tablée, le silence était de marbre.

« Vous avez l'air surprise ? dit Simone, à la serveuse. Ha ! Vous les jeunes d'aujourd'hui, vous ne parlez pas le patois charentais et vous vous fichez des traditions ! »

---

[6] Godaille : Verser du vin dans le bouillon de la soupe.

Intervint Archibald :

« Simone, ce n'est pas qu'elle ne connait pas le patois mais nous sommes dans un restaurant 3 étoiles et le pinard comme tu dis si bien, c'est quand même un des meilleurs bordeaux. »

« Hé alors ? Un vin, c'est un vin ! Un dîner, c'est un dîner ! Et je devrai oublier nos traditions ? »

Ereinté, Archibald n'en dira plus un mot.

Pierre demanda à la serveuse de laisser la bouteille de vin sur la table. Simone versa le vin dans le bouillon de sa soupe et porta son assiette à sa bouche.

« C'était bien bon ! La suite asteur !!! »[7] fit Simone.

Pendant que chacun attendait son plat, ils se mirent à discuter du bon vieux temps et de la pièce de théâtre qui allait avoir lieu.

« Qui est à l'idée de cette pièce ? » demanda Archibald.

---

[7] Asteur : Maintenant

« Moi, pour l'écriture ! répond Pierre. Je suis tellement heureux, c'était un projet qui me tenait à cœur mais pour le reste je laisse le soin à Gabriel et Emilie qui sont aussi bien l'un que l'autre de très bon metteur en scène et productrice. Nous sommes d'ailleurs associés tous les trois dans ce projet. »

« Oui, Pierre a écrit une pièce magnifique et je tenais à la produire et m'associer avec lui » répliqua Emilie.

Pierre s'adressa à Archibald :

« Et toi Archibald ? Qui a repris ton garage ? »

« Ho tu sais, il est passé de père en fils, donc mon fils a pris la relève. D'ailleurs si tu es toujours passionné de voitures de collections, sache que mon fils en a une au garage. »

« Ha ! Vous aimez les belles voitures Pierre ? » demanda Simone.

« À l'époque, oui, maintenant je me contente des véhicules actuels sur le marché » répondit Pierre.

« Pierre avait une Citroën DS avec boîte manuelle à l'époque, une beauté !!!!! » raconta Archibald.

« C'est vrai, j'adorais conduire les vieilles voitures avec boîte manuelle. Je prenais grand soin de ma DS, un vrai petit bolide ! C'est le passé maintenant, je m'adapte aux nouveaux modèles d'aujourd'hui. »

Les plats arrivèrent, Simone regarda son plat en grimaçant, senti son assiette et murmura :

« O sent l'grailloux par ici ! O l'est la beurnée d'o goret. » [8] et [9]

« Ça ne va pas Simone ? Un souci avec ton plat ? » demanda Archibald.

« Tous va très bien ! répond Simone d'un air dubitatif. »

Tous mangèrent leurs plats lorsque Paula, la jeune femme qui avait auditionné, arriva dans le restaurant. Elle se dirigea vers la table.

---

[8] O sent l'grailloux par ici ! Ça sent le graillon par ici

[9] O l'est la beurnée d'o goret : C'est la pâtée du cochon

« Mr Benson, je souhaitais m'excuser de mon comportement lors de mon audition. »

« Je vous reconnais, vous êtes Paula ? Ne vous inquiétez pas, tout va bien » expliqua Pierre.

« Vous allez donc me laisser une nouvelle chance ? » demanda la jeune femme.

« Ce n'est pas possible, tous les rôles ont été distribués. Mais vous finirez par réussir, ayez confiance en vous » lui répliqua Pierre.

La femme commença à s'énerver et d'un ton colérique lui dit :

« Vous ne voulez pas m'aider ? Vous êtes un acteur ignoble ! J'ai fait toute cette route pour rien ! »

Le metteur en scène Gabriel se leva de table, se mit devant Paula et lui demanda de se calmer et de partir :

Pierre lui dit :

« Je regrette sincèrement. »

En pointant du doigt, Paula s'écria :

« Vous me le paierez, oh oui ! Vous me le paierez très cher. » Le personnel du restaurant arriva et sorti la jeune femme.

Choqué par cette interruption et ce déchaînement de colère, tout le monde resta silencieux et inquiet.

« Je suis sincèrement désolé » dit Pierre à la tablée. « Reprenons notre dîner, oublions et passons au dessert. »

A la fin du dessert, l'équipe du théâtre décide de partir car le lendemain les répétitions devaient commencer. Il resta Simone, Archibald et Pierre qui rigolaient de leurs histoires d'école.

« Simone, Archibald, un petit café avant de partir ? » demanda Pierre.

« Pas de café pour moi, dit Simone, je ne pourrai pas dormir mais, une petite eau de vie, serait plus adaptée. »

« Une eau de vie ? répliqua Pierre surpris ! Un petit cognac Simone serait plus conventionnelle ! »

« C'est gentil Pierre mais il faut que je puisse dormir ce soir ! Et le cognac est trop fort pour moi, je me contenterai d'une eau de vie, c'est plus léger. »

Archibald mains sur son front, yeux fermés, effectua un geste de la tête comme s'il disait non, n'en revenait pas de la demande de Simone !!!!

Pierre s'adressa ensuite à Archibald :

« Archibald, tu prendras un café ? »

« Je prendrais un cognac pour finir ce bon dîner » répliqua Archibald.

« Serveuse, s'il vous plait : 1 eau de vie, 1 cognac et 1 café » demanda Pierre.

« Tu ne prends pas de digestif avec nous Pierre ? » ajouta Archibald.

« Non ! J'ai cessé de boire et comme tu as pu le constater, je n'ai pris que de l'eau à table ce soir ! »

« Ho le grand Pierre Benson préserve sa santé ? Parce qu'à l'époque, c'était fête sur fête et l'alcool coulait à flot » rajouta Archibald.

« Eh oui, je suis devenu raisonnable, Archibald » ricana Pierre.

Pendant que les digestifs et le café arrivaient, un homme entra dans le restaurant et se dirigea vers Pierre.

« Bonsoir Pierre, comment vas-tu ? »

Surpris et mal à l'aise Pierre répondit :

« Je vais bien Philippe et toi ? »

« Je vais bien ! Merci. »

« Mais que fais-tu là ? » demanda Pierre.

« J'ai appris que le grand Pierre Benson remonter sur les planches à Angoulême alors je me suis décidé à venir te voir et je me suis dit que si tu aurais besoin, je pourrai être utile, comme on dit : « Qui va châ p'tit va loin. »[10]

Pierre était très gêné et vraiment mal à l'aise.

« Merci Philippe. Je te présente Archibald et Simone et je vous présente Philippe mon ancien agent qui l'a été pendant 15 ans avec moi aux États-Unis, jusqu'à temps que je décide de décrocher. »

Ils se saluèrent, entre temps la serveuse avait amené les digestifs.

« Je suis désolé Philippe mais nous avons fini notre repas et nous sommes fatigués, nous allons rentrer » souligna Pierre.

« Je ne te dérange pas plus longtemps, je passerai te voir demain » répliqua Philippe.

Il salua tout le monde et parti, ce que firent également Simone, Archibald et Pierre.

---

[10] Qui va châ p'tit va loin : Qui va lentement, à petits pas peut parvenir très loin.

Sur la route du retour, Simone questionna Archibald qui la ramenait chez elle en voiture.

« Archibald, tu le connais ce Philippe ? J'avais l'impression que Pierre était gêné, mal à l'aise. »

« Non Simone, apparemment ce devait être son agent lorsqu'il était aux Etats-Unis, mais qu'est-ce qui te chagrine ? »

 « Tu ne trouves pas ça bizarre qu'il sache parlait le patois ? » s'interrogea Simone.

« Pierre sait le parler aussi, n 'oublies pas que c'est un enfant du pays, il a pu apprendre certaines expressions à ce Philippe. »

« Supposons ! Mais lorsque tu es aux États-Unis, tu ne penses pas à parler le patois et à l'apprendre à ton agent ! »

Simone rentra chez elle, fatiguée et se mit au lit.

Chapitre 3

Le lendemain Simone alla chercher son pain et croisa son fils Emilien.

« Bonjour maman, comment vas-tu, tu as passé une bonne soirée ? »

« Oui excellente ! Mais la nourriture était un peu trop légère et bizarre. »

« C 'est de la gastronomie maman et tu n'as pas l'habitude. »

« Que fais-tu aujourd'hui Emilien ? »

« Je vais à la scène nationale à Angoulême cet après-midi, je vais m'assurer que tout se passe bien, il pourrait y avoir un peu de curieux et du brouhaha !! »

« Amènes-moi ! » demanda Simone.

« Je ne peux pas maman, c'est dans le cadre de mon travail. »

« Je m'ennuie Emilien ! Ils font les répétitions, je pourrai les regarder et je verrai du monde » d'un air triste et faisant culpabiliser son fils.

« D'accord, je passerai te prendre à 14h, sois prête ! »

« Tu es un bon fils. »

14h précise, Emilien arriva devant chez sa mère. Simone était prête et partirent tous les deux dans la voiture de police à la scène nationale.

Arrivés sur le lieu, Emilien dit à sa mère :

« Maman je vais rester dehors, je vois qu'il y a du monde, les gens attendent surement pour voir les acteurs et obtenir des autographes, entre à l'intérieur ! »

« D'accord, je vais aller voir les répétitions ! »

Simone entra et aperçu Archibald.

« Archibald, tu es là aussi ? »

« Simone !!!! Quelle surprise, mais comment es-tu venue ? »

« Avec Emilien, il s'occupe de la sécurité et au lieu de m'ennuyer à la maison, je me suis dit qu'un peu de distraction ne me ferait pas de mal. »

« De même pour moi, mais assieds-toi, nous allons regarder les répétitions ensemble. »

Les deux amis regardèrent les répétions et à la fin de celles-ci Pierre vint les voir.

« Mes amis, vous êtes venus ? »

« Nous sommes à la retraite et ce n'est pas tous les jours que nous avons l'occasion de pouvoir regarder les répétions d'une grande pièce à venir » expliqua Archibald.

« Ce soir nous faisons une réception ici-même, nous avons invité quelques élus locaux et quelques habitants, j'aimerai vous y convier ! »

« Avec plaisir Pierre ! » dirent Archibald et Simone.

Les répétitions finies, Archibald demanda à Simone.

« Simone, veux-tu que je te ramène chez toi ? Ou préfères-tu que ton fils le fasse ? »

« Il a encore beaucoup à faire, j'accepte volontiers que tu me ramènes » dit Simone.

Archibald et Simone sortent et préviennent Emilien avant de partir.

« Emilien !!!! cria Simone, Archibald me ramène à la maison et ce soir une soirée à lieu ici et je suis invitée. »

« Bien maman ! Il n'était pas nécessaire de le crier à tue-tête, sois prudente et Archibald prenez soin de ma maman. »

Dans la voiture, Archibald demanda à Simone :

« Alors comment vas-tu t'habiller ce soir ? »

« Comme la dernière fois ! J'étais sublime !!!!!! »

Grimaçant, Archibald essaie de trouver un moyen pour que Simone change de tenue.

« Simone, la dernière fois, nous sommes allés au restaurant, il s'agit cette fois-ci d'une réception avec des élus locaux et tous les habitants, il ne suffit pas d'être sublime cette fois-ci, il faut être élégante ! »

« Mais c'est vrai ce que tu dis ! » Simone réfléchissait à ce qu'elle pourrait bien se mettre.

« Tu veux le conseil d'un homme ? Simone ! »

« Je t'écoute Archibald ! »

« Tu devrais mettre une robe d'une couleur unie avec des petites ballerines ou des petits mocassins à talons, c'est chic et élégant. »

« Tu as raison, dès que je rentre, je vais regarder dans ma penderie et voir ce que je peux y trouver. Tu ne vas pas en revenir quand tu me verras » dit Simone.

Dans sa moustache Archibald marmonne :

« C'est bien cela qui m'inquiète !!! »

Le soir même, Archibald arriva devant chez Simone qui était habillée différemment. Simone avait écouté les conseils d'Archibald, elle sortit de chez elle avec une robe de couleur unie noire et des ballerines noires.

Lorsqu'Archibald aperçu Simone, il se tapa la tête contre son volant de voiture en répétant :

« Elle n'a pas fait ça !!! Non ! Elle n'a pas fait ça !!! »

Simone entra dans la voiture :

« Alors Archibald ? Comment me trouves-tu ? »

Décomposé, Archibald la regarda d'un air froissé :

« Ce ne serait pas la tenue que tu avais mise pour les obsèques de ton défunt mari ? »

« Ouuiiiii !!!!, s'exclama fortement Simone, tu l'as reconnue ? Tu m'avais dit une robe de couleur unie, je n'avais que celle-là, certes c'est du noir mais elle est de couleur unie »

Toujours dépité :

« Oui mais ça reste ta tenue pour les obsèques Simone ! »

« Toi tu le sais ! Mais pas les autres ! Je me suis souvenue que j'avais était très élégante pour les obsèques de mon défunt mari, je ne pourrai donc être ce soir, qu'élégante avec cette tenue, n'est-ce pas Archibald ? »

« Oui Simone ! soupira Archibald, je dirai que tu es incroyable ce soir ! Oui vraiment incroyable !!!! "

Archibald démarra la voiture et les deux amis firent route vers la soirée.

Chapitre 4

La soirée se passait bien, environ 300 personnes étaient présentes, tout le monde faisait connaissance et se parlait. Simone se servait un verre à la table de réception et aperçu Pierre parlait avec Philippe son ancien agent mais tous deux gênés. Pierre est appelé et Philippe s'aperçut en tournant la tête que Simone les avait vu parler ensemble. Il se dirigea vers elle.

« Simone, si je ne me trompe pas !!!! Vous étiez au restaurant avec Pierre ? »

« Oui, c'est exact et si je me souviens, vous c'est Philippe ? »

« Tout à fait ! Vous venez de nous voir parler avec Pierre, pas facile d'être quatre dans ce projet. »

« Quatre ? » s'étonne Simone.

« Oui, Pierre vient de me proposer de m'associer avec eux dans ce projet de pièce. »

« Félicitation alors ! »

Archibald arriva et interrompt la conversation de Simone et Philippe.

« Tout va bien Simone ? »

« Oui merci Archibald. »

Entra Paula dans la salle, la femme recaler des auditions.

« Oh non !!!!!!! Pas elle ! dit Archibald, elle va encore faire un scandale ! »

« Je m'en charge » fit Philippe.

« Veuillez sortir, on ne veut pas de gens comme vous ici ! somma Philippe à cette femme d'un ton sec et dur.

« Mais je veux juste parler à Mr Benson, je suis calme » répondit la femme.

« On vous a dit non !!!!!!! Personne ne viendra déranger cette pièce ou faire du mal à Pierre » rajouta Philippe.

La femme est prise par le bras et sortie de force par Philippe violemment.

« Vous me le paierez » cria la femme.

La soirée se termina, tout le monde partit, Simone allez faire de même avec Archibald lorsqu'elle surprit une conversation entre Gabriel et Emilie, la productrice et le metteur en scène.

« Emilie, c'est quoi cette histoire ? Pierre veut céder 80% de ses parts sur ce projet à son ancien agent Philippe. »

« C'est ce qu'il m'a dit, en effet ! Et j'essaie de comprendre pourquoi ! » dit Emilie.

« J'ai mis toute mes économies dans ce projet, fit Gabriel énervé, il est hors de question que l'on soit quatre, les profits de cette pièce vont être conséquent et je ne veux pas m'associer, ni partager avec cette homme !!! »

« Gabriel, sache que le contrat entre eux, n'est pas encore signé, beaucoup de chose peuvent encore arriver » enrichit Emilie d'un sourire malicieux.

Simone et Archibald partirent de la soirée. Dans la voiture Simone reparla de Paula.

« Cette Paula est arrivée calme et tranquille, la sortir de force et sur un ton sec comme l'a fait ce Philippe était peut-être un peu excessif. »

« Simone, elle allait encore faire un scandale, je pense qu'il ne fallait pas qu'on la laisse parler à Pierre, il fallait qu'elle comprenne. »

Simone s'aperçoit qu'elle a oublié son sac à main avec ses clés dedans.

« Nous ne sommes pas loin Simone, nous allons faire demi-tour » fit Archibald.

Une fois le retour effectué, Simone et Archibald arrivèrent à la scène nationale. Ils entrent, il fait noir et décide donc d'allumer la lumière.

« O l'est tout à la valdrague dans c'te baraque ! »[11] fit Simone.

« Je suis d'accord avec toi Simone on dirait qu'il y a eu une bagarre ici, tout est sens dessus-dessous. »

Ils avancèrent et aperçurent au sol, en sang, Philippe, l'ancien agent de Pierre.

« Archibald appelle une ambulance, moi j'appelle mon fils Emilien. »

« Emilien, Rabale tes gueuilles ! I'ai trouvé in calanché »[12] raconta Simone à son fils Emilien au téléphone.

« Quoi ? Mais où es-tu ? Et comment vas-tu maman ? »

« A la scène nationale ! Je vais bien, mais dépêches-toi ! »

---

[11] O l'est tout à la valdrague dans c'te baraque : tout est en désordre dans cette maison

[12] Rabale tes gueuilles !, I'ai trouvé in calanché : Dépèche toi, j'ai trouvé un mort !

En attendant la police et l'ambulance, Simone et Archibald restèrent à côté du corps. Simone regarda autour d'elle dans la salle sans rien toucher et y remarqua des pots d'encre au sol, des tables renversées, des verres cassés...

L'ambulance et Emilien arrivèrent, le constat était bien là : Philipe, l'ancien agent de Pierre était décédé, assassiné en se prenant un coup derrière la tête.

« Un vol qui a mal tourné ? » demanda Archibald à Emilien.

« Difficile à croire, répondit Emilien, il a son portefeuille, sa montre de luxe..... Quoi qu'il en soit, maman je vais te ramener. Veux-tu que j'appelle le médecin ? Tu dois être choquée ? »

« J'suis pas en sucre, nom d'une pipe !!!!! des morts j'en ai vu avant toi, ta grand-mère, ton grand-père et ton défunt père » dit Simone.

« Mais !!! Emilien étonné s'exclama : Ne serait-ce pas la tenue que tu portais aux obsèques de papa ? »

« Bah oui mon fils ! Je devais être clairvoyante ce soir ! »

« Maman, il faudra que tu viennes demain au commissariat faire ta déposition. »

« Parfait ! Je m'ennuie tu sais ! Alors ça me fera une petite sortie, je viendrai avec Archibald. »

« J'ai besoin de l'entendre aussi, donc très bien, viens avec lui. »

Le lendemain Simone et Archibald partirent au commissariat.

« Maman expliques-moi la soirée d'hier ? »

« Alors, j'ai passé une bonne soirée, y'avait du vin avec des petits fours, hum ! déliciieeeuuuxxxx, pas comme le restaurant, cette fois-ci c'était mangeable, les gens étaient............ »

Emilien l'interrompt brusquement :

« Maman, arrête !!!! » cria Emilien, Simone sursauta. Que tes petits fours soient délicieux, je m'en contrefiche un peu !!!! Ce que je veux savoir, c'est si tu as vu quelqu'un ou entendu quelque chose qui pourrait m'aider ! »

« I va t'mette in calote !¹³ Tu vas respecter ta mère ! J'ai failli à la crise cardiaque mais tu n'es pas bien ? Qui t'a élevé comme ça ? Mal élevé avec les vieilles dames !!! »

« Désolé maman, c'n'est pas ce que je voulais, pourrais-tu me dire ce que tu as vu ou entendu hier soir » en rapprochant ses lèvres devant avec un air tristounet.

« Bon ! J'ai vu ce monsieur Philippe hier à la réception sortir violemment une femme par le bras qui avait fait l'audition, elle s'appelle Paula. Elle a été recalée et elle n'était pas du tout contente. Elle était venue au restaurant énervée et hier soir, elle a menacé ce Philippe en lui disant : « vous allez me le payer. »

« C'est vrai émilien, dit Archibald. Elle n'a fait que ça de poursuivre Pierre, elle était très énervée et hier ce Philippe l'a sortie violemment en disant que personne ne viendrait perturber la pièce et faire du mal à Pierre. »

« Oui mais pourquoi s'en prendre à ce Philippe ?

---

¹³ I va t'mette in calote ! : Je vais te mettre une gifle.

« Il faut vraiment tout t'expliquer, dit Simone, puisqu'elle a été sortie violemment par ce Philippe hier à la réception et qu'elle n'a pas pu parler à Pierre à cause de lui, elle l'a tué, boom !!!! Un coup derrière la tête. »

« Maman, je connais mon métier et il ne me faut pas que des théories mais des preuves. Mais cela peut également signifier qu'elle va essayer peut être de rencontrer Pierre. Bon ! Il va falloir trouver cette femme, elle s'appelle Paula mais Paula comment ? » s'interrogea Emilien.

« Il faut que tu demandes à la productrice Emilie, elle doit avoir tous les noms de ceux qui ont auditionné » fit Simone.

« Pierre est en danger ? » répliqua Archibald contrarié.

« Ne mettons pas de conclusions hâtives ! Je vais envoyer un collègue à la scène nationale et qu'il garde un œil sur Pierre Benson. Merci à vous deux. En attendant l'identité de cette Paula, nous avons eu l'identité de ce Philippe, il s'appelle Philippe Verjot, c'est un enfant du pays, lui aussi ! » raconta Emilien.

« Quoi ? Que dis-tu ? » répliqua Simone.

« Eh bien, il habitait Angoulême durant l'enfance ! Tu ne l'as pas connu d'ailleurs Archibald ? »

« Non, jamais » surpris par cette révélation.

« Il était le professeur de théâtre de
Mr Benson Pierre » ajouta Emilien.

« Quand je te disais qu'il devait être du
pays Archibald » intervint Simone.

« Pourquoi dis-tu ça maman ? »

« Lors de sa venue au restaurant, il a parlé patois, pour quelqu'un qui a vécu aux Etats-Unis, c'était bizarre » enrichit Simone.

« Il est parti aux États-Unis un an après que Pierre Benson soit reparti après le décès de son père, il y a de cela 30 ans, expliqua Emilien. Il a dû vouloir le rejoindre et Pierre Benson l'a pris comme agent, poursuivit Emilien.

« Peut-être » dit Simone d'un air intrigué.

« En attendant, ce Philippe louait une maison à Angoulême et je vais aller faire une perquisition chez lui, je pourrai peut-être y trouver des indices. »

« D'accord, on y va ! » dit Simone.

« Ah ! Non maman, je vais chez ce Philippe et toi tu rentres à la maison. »

« Sûrement pas ! Archibald à un rendez-vous et ne peux pas me ramener, il va falloir que tu le fasses, donc allons d'abord chez ce Philippe, je resterai dans la voiture, je ne bougerai pas ! »

« Ah bon ! j'ai rendez-vous ? » répliqua Archibald étonné.

« Mais oui ! tu me l'as dit tout à l'heure dans la voiture ! » en lui donnant un coup de pied sous la table.

« C'est vrai ! Où avais-je la tête ? Désolé Emilien mais en effet je ne peux pas ramener ta mère. »

« Ce n'est pas grave Archibald, je vais le faire. Bon maman promis ! Tu resteras dans la voiture ? »

« Qu'est-ce que tu insinues, que je m'occupe de ce qui ne me regarde pas ? »

« Non maman !!!!!! En soupirant. »

« Bah alors, il est où le souci. »

« Allons-y !!!! Mais tu resteras dans la voiture ! exigea Emilien.

« En route Emilien, le travail nous attend, heu ! Le travail t'attend » répliqua Simone d'un air mélancolique.

Emilien arrive avec Simone à l'adresse où était logé Philippe. Emilien sort du véhicule et voit une femme sortir rapidement de la maison que louait ce Philippe.

« Madame, arrêtez-vous !!! »

La femme se mit à courir et Emilien à la poursuivre. En attendant, Simone était restée dans la voiture comme promis mais elle se mit à voir de la fumée sortir de la maison.

Elle sort de la voiture en criant :

« L'feu !!!!, L'feu !!!!! Dans c'te baraque !!!! »

Les voisins, les habitants s'agitèrent et appelèrent les pompiers.
Emilien revint avec la jeune femme qu'il avait réussi à attraper et menotter. Il voit tous les habitants affolés, sa mère s'empressant d'arriver à la voiture.

« Maman, qu'as-tu fait ? Tu avais promis de ne pas sortir ! »

« Tiens ! Paula, dit Simone. Mais dis donc !!!! je n'ai rien fait ! j'ai vu de la fumée sortir de la maison, je suis sortie pour crier à l'aide, les habitants ont réagi et appeler les pompiers, au lieu d'engueuler ta mère, tu ferai bien de me dire merci. »

Emilien excédé, ordonna à sa mère en criant :

« Remonte dans cette voiture et ne bouge plus, ASTEUR !!!!!!!!! Maman !!!!!!! J'ai appelé des collègues, ils arrivent. »

« Ne crie pas sur ta mère, I va t'mette in calote ! »

Simone remonta dans la voiture. Les pompiers et les collègues d'Emilien arrivèrent. Malheureusement les pompiers ont fait de leur mieux mais tout a brûlé. Quand à Paula elle est amenée au poste par les collègues d'Emilien.

« Je te ramène maman, la journée a été longue pour toi ! »

« Non !!!! Tu dois interroger cette femme, c'est très important. Je retourne avec toi au commissariat et tu me ramèneras après ! »

D'un ton irritable, Emilien répondit à sa mère :

« Non maman ! Je te ramène. »

« Et qui commande ? Qui doit respecter sa mère ? »

« Maman, ça n'a rien à voir, je suis sur une enquête ! C'est dangereux et tu ne peux ni me suivre, ni rester avec moi. »

« C'est vrai, dit Simone attristée, bras ballants, tête baissée, tu préfères abandonner ta mère, seule, dans un coin et perdre du temps pour interroger cette jeune femme. »

« Bon d'accord, allez viens, je te ramènerai après. »

« En route Emilien, on a une enquête qui nous attend, heu, une femme à interroger qui t'attend. »

Arrivés au commissariat, Emilien demande à sa mère de l'attendre dans le réfectoire, le temps d'interroger la femme.

Dans la salle d'interrogatoire Emilien entra :

« Paula ! Nous n'avons que votre prénom, je vais donc vous demander de décliner votre identité et votre adresse ? » commença Emilien.

« Paula Chaurien, répond la femme, j'habite 5 rue des douches à Paris. »

« Que faisiez-vous chez Philippe Verjot ? Et pourquoi y avez-vous mis le feu ? »

« Ce n'est pas moi qui ai mis le feu ! je suivais Pierre Benson, je voulais m'excuser de mon comportement et il est arrivé jusqu'ici. Je devais même repartir à Paris en fin d'après-midi, vérifiez ! J'ai acheté un billet de train. Je voulais juste présenter mes excuses. »

« Et que s'est-il passé ? »

« Pierre Benson est sorti de la maison, j'ai voulu aller vers lui, je l'ai donc appelé et dès qu'il m'a vu, il s'est mis à courir vers sa voiture, je n'ai donc pas pu lui parler. Alors comme j'avais écrit une lettre d'excuses, je voulais la déposer devant la porte et quand je suis arrivée devant, celle-ci était ouverte et ça sentait le brûlé, je suis donc entrée, je n'aurai pas dû, je le sais ! J'ai vu cette fumée, je suis sortie et vous êtes arrivé, j'ai pris peur et je me suis mise à courir. »

« Vous avez bien menacé Philippe Verjot lors de la soirée à la scène nationale ? »

Embarrassée, la jeune femme se trémoussa sur sa chaise.

« Oui parce qu'il ne voulait pas me laisser parler à Pierre Benson et alors ? »

« Hé alors ? Ce Philippe est mort assassiné !!!!! »

La jeune femme afficha un air effrayé.

« Mais ! Je n'ai rien fait ! Oui je l'ai menacé ! mais pas tuer ! »

« En attendant de vérifier vos informations, je vous place en garde à vue » fit Emilien.

« Mais je n'ai rien fait, je vous dis ! » cria la jeune femme.

« Si vous n'avez rien fait, vous sortirez très vite. »

La femme est emmenée par les collègues d'Emilien.

Emilien rejoint sa maman au réfectoire :

« Maman, je te ramène ! »

« Alors ? Qu'a-t-elle dit ? » demanda Simone.

« Rien qui ne te concerne maman. »

Dans la voiture Simone réitère ses propos :

« Tu vas me dire si oui ou non cette femme a tué ce Philippe ou pas ? »

« Je n'ai pas assez d'informations pour l'instant, il faut que je vérifie ce qu'elle m'a dit. »

« Et que t'as-t-elle dit ? »

« Rien ne te concernant maman ! »

« Tu laisserais ta pauvre mère seule à la maison avec un meurtrier dans la nature qui pourrait s'en prendre à moi. »

« Maman ça va !!!! Arrêtes ! Cette fois ci, ça ne fonctionnera pas. »

Simone se mit à pleurer.

« Maman, ne pleures pas ! »

« Si ton père était là, il serait déçu de voir ce que tu es devenu, laisser ta pauvre mère s'inquiéter, sans dormir, de peur que cet assassin vienne. »

Pris par la culpabilité Emilien céda à sa mère.

« Bon d'accord !!!!!!! Cette Paula m'a dit qu'elle avait suivi Pierre Benson pour lui présenter des excuses et qu'il s'était retrouvé lui aussi dans la maison louée par ce Philippe.

Lorsqu'elle l'a vu sortir de la maison, elle l'a appelé et il s'est enfui en courant. Cette Paula devait repartir en fin d'après-midi sur Paris en train. Il faut donc que je vérifie les informations et que j'interroge Pierre Benson. »

« Mais qu'est-ce que Pierre Benson faisait chez ce Philippe ? L'homme était déjà mort ? »

« Je ne sais pas maman, peut-être que cette Paula ment. »

« Intéressant » dit Simone en chuchotant.

« Maman, je te prierai de rester à la maison et de bien te renfermer tant que l'enquête n'est pas finie. »

« Pour qui me prends-tu ? » souligna Simone.

« Je te demande juste d'être prudente tant que l'affaire n'est pas élucidée ! »

Emilien arriva devant chez sa mère et la déposa.

« Maman, ferme bien à clé, je t'appellerai demain. »

« Merci Emilien, prise de remord Simone ajouta : Tu sais ton père serait fier de toi! »

Simone entra chez elle et la première chose qu'elle se mit à faire était de téléphoner à Archibald.

« Archibald ! C'est Simone. »

« Oui, alors, tu as des infos ? Emilien a retrouvé cette femme ? »

« Oui ! Il l'a même arrêté » Et Simone se mit à raconter à Archibald ce qu'Emilien venait de lui dire.

« Toutes ces histouères, o l'est que des mentries !,[14] dit Archibald, cette Paula est coupable, elle accuserait même Pierre d'avoir mis le feu dans cette maison. Quelle honte !!!! Ne me dit pas qu'Emilien soupçonne Pierre ? »

---

[14] Toutes ces histouères, o l'est que des mentries : Toutes ces histoires, ce ne sont que des mensonges.

« Bah, j'crois bien que si ! » dit Simone.

« Ah non ! Je connais Pierre depuis l'enfance et je sais qu'il serait incapable de faire du mal à quelqu'un » insista Archibald.

« Je pense, dit Simone, que nous devrions aller le voir demain, il doit être malheureux d'avoir perdu son ancien agent, un peu de réconfort ne lui ferait pas de mal. »

« Tu as raison Simone ! Allons le voir demain, je passerai te chercher à 10h. »

« A demain Archibald. »

Toute contente Simone s'écria en raccrochant le téléphone, « ouais ! » En donnant un geste avec son bras.

Chapitre 5

Le lendemain, Archibald arriva à 10h chez Simone et tous deux prirent la route pour la scène nationale où se déroulaient les répétitions. Pierre était sur scène et lisait son texte.
Gabriel, le metteur en scène annonça une pause. Archibald et Simone s'avancèrent :

« Archibald, Simone, vous êtes venus nous voir ? »

« Oui, je souhaitais savoir comment tu allais ? » dit Archibald.

« Je vais bien, je suis attristé de la mort de mon ancien agent et j'espère que la police attrapera son assassin. »

« D'ailleurs, dit Simone, mon fils Emilien a arrêté cette Paula, hier ! »

« Ha ! Tant mieux, elle ne me parait pas très lucide, je suis sûr qu'elle a à voir quelque chose avec la mort de Philippe. »

« Elle a dit à mon fils hier qu'elle se trouvait chez ce Philippe car elle vous suivait Pierre et qu'elle vous a vu sortir de chez lui et dès qu'elle vous a appelé, vous avez fui jusqu'à votre véhicule. »

« C'est exact Simone » fit Pierre.

« Mais !!!! Que faisais-tu chez ton ancien agent ? » répliqua Archibald.

« Je cherchais des indices qui aurait pu me mettre sur la voie, mais lorsque je suis arrivé, le feu s'embrasé. J'ai laissé mon téléphone dans la voiture, je suis sorti pour aller téléphoner mais cette folle était là et dès que je l'ai vu, j'ai couru jusqu'à ma voiture. J'ai démarré et je suis parti mais j'ai appelé les pompiers, la police pourra le vérifier. »

« Tout s'explique ! » s'exclama Archibald.

Emilien entra avec un collègue dans la salle.

« Maman !!!!!!! Que fais-tu ici ? »

« Archibald souhaitait soutenir son ami Pierre dans cette épreuve douloureuse et m'a demandé de l'accompagner, je ne pouvais pas refuser. »

« Oui, pour surtout mettre ton nez ? »

« Tu vas mieux parler à ta mère !!!!! « I va t'mette in calote !»

« Pierre Benson ? L'homme acquiesça de la tête.

« Emilien Boisseau, chef de la police, j'ai des questions à vous poser ? »

« Je vous en prie » dit Pierre.

« Savez-vous pourquoi Philippe Verjot est revenu à Angoulême le jour même de votre arrivé ? »

« Je ne savais pas qu'il était revenu et comme il me l'a dit au restaurant, il avait entendu dire que je remontais sur les planches et souhaitait m'encourager. »

« Savez-vous qui aurait bien pu lui en vouloir ? »

« Non hormis cette femme, Paula, qui l'avait menacé et qui n'a fait qu'être horrible. »

« En parlant de cette Paula, dit Emilien, nous l'avons arrêté et mise en garde à vue. Elle nous a raconté que vous étiez hier chez Philippe Verjot, votre ancien agent ? Est-ce exact ? »

« Comme je l'ai dit à Archibald et à votre mère, oui, c'est vrai. Lorsque je suis arrivé, le feu prenait déjà, mon téléphone était dans la voiture alors je suis sorti pour appeler les pompiers mais en sortant, j'ai vu cette femme Paula et j'ai cru qu'elle allait encore m'agresser, m'insulter alors j'ai couru jusqu'à ma voiture et je suis parti mais j'ai appelé les pompiers, vérifiez ? »

« Nous le ferons Mr Benson. »

« Et à la fin de la réception, qu'avez-vous fait ? »

« Comme la plupart des personnes, je suis rentré chez moi et je me suis couché. »

« Merci, ne sortez pas de la ville tant que l'enquête n'est pas finie. »

« Je ne compte pas bouger, j'ai une pièce de théâtre à produire et mes associés comptent sur moi » dit Pierre.

A cette phrase Simone écarquilla les yeux :

« Mais non d'une pipe ! J'allais oublier » fit Simone.

Tout le monde la regarda.

« Dis-moi ! Maman ? »

« Un détail me revient » ajouta Simone.

« Je t'écoute » dit Emilien.

« Le jour de la réception, ce Philippe est venu me parler en me disant qu'il allait devenir associé et j'ai entendu une conversation entre Gabriel et Emilie, la productrice et le metteur en scène parler de ce sujet, et tous les deux n'étaient pas content de passer à quatre associés. »

« Qu'avez-vous à dire Mr Benson Pierre ? » demanda Emilien.

« C 'est vrai, j'avais proposé à mon ancien agent de s'associer avec nous à ce projet. »

« Et pourquoi ? » ajouta Emilien.

« Lorsque j'ai tout arrêté il y a 15 ans, tout s'est arrêté pour lui aussi. Il s'est retrouvé sans travail, sans contrat et a perdu beaucoup d'argent, je lui devais bien ça. Malheureusement il est mort avant que nous signions le contrat. »

« Et qu'en ont pensé vos deux autres associés ? »

« J'en ai parlé à ma productrice Emilie qui n'était pas enchantée, c'est vrai ! Mais je faisais ce que je voulais de ma part et je suis sûr qu'elle n'a rien à voir là-dedans. »

« Combien de pourcentage deviez-vous lui céder ? Quant à vos associés, c'est à moi d'en juger, j'irai leur poser des questions après. »

« 80% des droits d'auteur » dit Pierre.

D'une stupeur générale un HOUAAAA !!!!!!!!!!! souffla auprès de tous.

« Pourquoi autant ? » répliqua Emilien.

« Je vous l'ai dit, c'était pour me rattraper de ces 15 dernières années. »

Emilien se dirigea vers la productrice Emilie et le metteur en scène Gabriel présent au fond de la salle.

« Police » dit Emilien en montrant sa carte.

« J'ai des questions à vous poser ! »

Les deux acolytes se regardèrent surpris.

« Nous vous écoutons. »

« Qu'avez-vous fait après la réception ? »

« Je suis rentré à l'hôtel me coucher dit Emilie. « De même pour moi » répondit Gabriel.

« Vous avez appris que vous seriez quatre associés et non trois, qu'avez-vous ressenti à cette annonce ? »

« J'étais en colère, fit Emilie, c'est vrai j'en voulais à Pierre de partager sa part. Ce projet c'est à trois que nous l'avons construit et pas avec ce Philippe mais je ne l'ai pas tué si c'est ce que vous voulez savoir. »

« Quant à moi, dit Gabriel, tant que le contrat n'était pas signé, nous restions trois. Je comptais en parler à Pierre pour qu'il revienne sur sa décision. »

« Vous aviez tous les deux un mobile pour tuer cet homme ? » enrichit Emilien.

« C'est vrai ! Mais nous ne l'avons pas tué !!!!!!!! Nous n'allions pas risquer de tout perdre » dit Emilie.

« Ne quittez pas la ville non plus, je peux avoir d'autres questions à vous poser. »

Emilien se dirigea vers la porte de sortie, Simone lui courut après :

« Alors qu'en penses-tu ? »

« Maman, pour une fois reste à ta place ! »

« Si tu as obtenu des éléments supplémentaires, c'est grâce à moi car je me suis souvenue de ce détail qui parait important, je ne te dirai plus rien si je me souviens de quelque chose ! Comment peux-tu traiter ta mère avec un tel mépris ! »

« Maman, une personne ment mais je ne sais pas laquelle ! Il faut que j'effectue des vérifications et que je parte au commissariat voir les éléments que mes collègues ont ramenés de la maison de Philippe Verjot. »

« D'accord, je viens avec toi ! »

« Oh non !!!! Pas cette fois-ci et tu pourras pleurer, me dire que je suis le fils ingrat, que mon père serait déçu de moi, ça ne fonctionnera pas ! »

« D'accord » dit Simone.

« D'accord et c'est tout » fit Emilien étonné.

« Oui, je comprends que tu travailles et que je ne peux pas être là tout le temps. »

Peu convaincu par l'attitude de sa mère Emilien lui rétorqua :

« C'est quoi cette entourloupe ? »

« Y'en a pas ! répond Simone. Dis-moi ce soir tu pourrais venir dîner à la maison ? Ça fait longtemps que tu n'es pas venu manger un bon repas ! Et puis seule à dîner le soir, ça ne me donne pas trop d'appétit ! »

« Je ne peux pas maman, si les collègues ont ramené des éléments de la maison en feu, il va falloir que j'analyse les objets ou tout autre éléments rapportés. »

« Tu vas travailler tard avec rien dans le ventre ? Je te propose de tout mettre dans le coffre de ta voiture, tu manges avec moi, je vais même inviter Archibald et à la fin du repas, Archibald et moi irons dans le salon boire notre digestif pendant que toi, tu analyses les objets dans la cuisine. Tu auras le ventre plein et tu seras resté avec ta maman dîner. »

« D'accord maman, 19h, ça te va ? »

« Très bien mon fils, à ce soir. »

Emilien s'en va et une fois que Simone n'aperçut plus son fils, elle s'écria doucement « gagné !!!!!! et voilà comment tromper son nigaud de fils. »
Simone retourne auprès d'Archibald :

« Archibald, je t'invite à dîner ce soir ? »

« Ho volontiers Simone, manger seul n'est pas très plaisant. »

« C'est ce que je viens de dire à Emilien qui va se joindre à nous. »

« Alors, en route Simone ! » dit Archibald.

Les deux amis partirent chez elle. En arrivant Simone demanda à Archibald:

« Tu prendras un cht'i canon ? »

L'homme acquiesça. Simone prépara les verres en discutant de cette enquête.
« Elle est bizarre cette enquête tout de même ? » s'exprima Simone.

« Moi ce que je trouve décevant, c'est que l'on se retrouve avec un assassinat dans la ville » répondit Archibald.

« Ça met de l'ambiance ! Je vais commencer à préparer le dîner, Emilien ne devrait pas tarder. »

« Veux-tu que je t'aide Simone ? » demanda Archibald.

« J'veux bien, tiens y'a les patates à éplucher. »

« Et que nous prépares-tu de bon ce soir ? »

« Une bonne potée charentaise ! »

Les deux amis cuisinèrent et parlèrent en même temps.

Emilien qui était reparti au commissariat, demanda à ses collègues en arrivant :

« Alors qu'avez-vous ramené de la maison en feu ? »

« Ce carton, chef ! et c'est tout ce que l'on a pu récupérer, tout le reste a brûlé. »

« Quant à Paula Chaurien ? Vous en savez un peu plus ? » demanda Emilien.

« Elle habite Paris, elle a fait plusieurs stages à l'Hôpital Psychiatrique, aucun casier judiciaire. On a contacté sa psy, elle nous a dit que sa patiente avait des délires paranoïaques, mais tuer, elle n'y croit pas. Paula Chaurien a un traitement qui la calme et elle avait contacté sa psy pour lui dire qu'elle était très énervée à l'encontre de Pierre Benson et qu'elle avait peur de faire une bêtise. Sa psy lui a demandé de bien prendre ses médicaments et de rentrer à Paris. On a vérifié, elle a bien acheté un billet et devait partir hier en fin d'après-midi. »

« La psychiatrie ? Et qui ne nous dit pas qu'elle a fait cette fameuse bêtise, hein ! Et que justement, elle a pris un billet de train pour fuir ? » s'interrogea Emilien.

« J'ai parlé à Pierre Benson, poursuit Emilien, il dit avoir pris la fuite à cause de cette Paula et avoir contacter les pompiers lorsque la maison a pris feu ! Vérifiez cette information. La productrice et le metteur en scène disent tous les deux être rentrés après la réception, questionnez leurs voisinages pour savoir si quelqu'un les a vu rentrer et si oui, à quelle heure ? Il est tard, laissez Paula Chaurien en garde à vue, j'aimerai bien parler à sa psy demain. J'amène ce carton pour travailler ce soir, si on a besoin de moi, je suis chez ma mère, je dîne avec elle. »

Simone regarda par la fenêtre de la cuisine et aperçu Emilien arriver :

« Le voilà ! Je vais aller lui ouvrir, sinon il va encore me valdinguer le verrou. »

Simone ouvrit la porte, son fils entra avec un carton dans les bras, le posa à l'entrée et se mit à boire un verre avec sa mère et Archibald. Toute la soirée se passa bien sans que personne ne parle de l'enquête. A la fin du repas, Simone dit à Archibald :

« Allons boire un digestif au salon et laissons travailler Emilien dans la cuisine. »

Archibald se leva et rejoignit le salon pendant qu'Emilien prit le carton à l'entrée et le posa sur la table de cuisine.

Simone et Archibald burent leurs verres et Simone proposa un café à Archibald qui accepta. Simone se dirigea vers la cuisine où Emilien regardait des photos qui se trouvaient dans le carton.

Simone passait et repassait en regardant derrière l'épaule de son fils.

« Maman, qu'est-o qu'tu beurdasses ?[15] d'un air agacé.

« Rien ! Je fais du café ! D'ailleurs, en veux-tu un ? »

« Oui ! Merci maman. »

Simone repassa pour aller chercher une tasse et en profita pour regarder derrière l'épaule de son fils. Emilien sentait la présence de sa mère derrière lui.

---

[15] Qu'est-o qu'tu beurdasses : qu'est-ce que tu fabriques

« Maman ça suffit ! Y' en a marre ! Qu'est o qu'tu beurdasses ? s'écria Emilien.

Agacée Simone leva les bras en l'air et pouffa fortement :

« Thiau drôle, l'arrêtra donc pas d' beuler ! »[16]

« Je sens ta présence derrière mon dos ! Maman. »

« C'est normal, je dois passer pour aller chercher ta tasse et te faire un bon café. »

« Arrêtes maman ! Tu regardes par-dessus mon épaule. »

Entendant ce vacarme dans la cuisine, Archibald décide de les rejoindre.

« Mais que ce passe-t-il ? Je vous entends brailler ? »

« Archibald, maman ne fait que regarder derrière mon épaule et elle croit que je ne la sens pas ? » fit Emilien.

---

[16] Thiau drôle, l'arrêtra donc pas d' beuler ! Ce gamin, il ne s'arrêtera donc jamais de pleurnicher !

« O l'est que des mentries ! »[17] répliqua Simone.

Archibald avait plongé ses yeux sur la table de cuisine où toute sorte de photos avaient été mise par Emilien.

« Excusez-moi d'interrompre votre chamaillerie, dit Archibald, mais ce sont des photos de voitures ? »

« Oui, répond Emilien, et comme tu peux le voir, elles sont toutes brûlées, il ne reste que des petits morceaux, rien qui ne je pense, m'apportera quelque chose dans mon enquête. »

« Alors lui ! Il a le droit de regarder mais pas moi ? » fit Simone.

« Ce n'est pas ça Simone, s'exprima Archibald, mais je viens de m'apercevoir que sur cette photo, ce trouve un morceau d'une voiture, n'oublies pas que j'ai été garagiste et à la vue de voitures, je ne peux m'empêcher de regarder. »

---

[17] o l'est que des mentries : Ce ne sont que des mensonges

Simone se mit à pouffer.

« D'ailleurs Archibald, demanda Emilien, tu as été garagiste ? Ici on ne peut voir qu'un phare, sur celle-là, un rétroviseur et sur celle-ci le bas de caisse. Avec ce peu d'informations, ça pourrait être quelle modèle de voiture ? »

Archibald réfléchissait, regarda les photos et répondit :

« Je te diraiiiiiiiii, heu ! Une Citroën DS mais je n'en suis pas sûr. Il faudrait que tu passes voir mon fils au garage, il a toutes les photos des voitures de chaque marques, il pourrait t'en dire plus et te confirmer ce que je viens de te dire. »

Simone posa les cafés sur la table, regarda d'un œil en coin les photos posées et fronça des yeux en leva la tête en l'air comme si elle réfléchissait.

« Merci Archibald, dit Emilien, j'irai le voir demain mais je pense que ces photos ne me seront pas utiles et vu que tout le reste a brûlé dans la maison, mon enquête va piétiner ! »

Simone demanda à Archibald :

« Archibald ! Pourrais-tu m'amener à la bibliothèque demain ? »

A l'annonce de Simone, Emilien et Archibald recrachèrent la gorgée de café prise.

« Mais tu n'as jamais été à la bibliothèque Simone ! » fit Archibald surpris.

« Maman ! Tu n'as jamais aimé lire !!! »

« C'est vrai mais il faut une première à tout, je m'ennui et le tricot, c'est beau mais avec mon arthrite, mes mains n'en peuvent plus et puis, je ne fourrerai pas mon nez partout dans ton enquête comme ça ! » répliqua Simone.

« Tu veux te mettre à lire, c'est ce que tu viens de dire ? insista Emilien toujours surpris.

« Bah oui ! tu crois que ta pauvre mère ne sait pas lire ou quoi ? Ho lala !!! Thiau drôle d'puis queuques temps, l'est hissable ! » [18]

---

[18] Thiau drôle d'puis queuques temps, l'est hissable : Depuis quelques temps, ce gamin est vraiment insupportable.

« Je ne dis pas que tu ne sais pas lire, je suis juste surpris et je me demande si tu n'aurais pas une idée derrière la tête ? »

« Thiau drôle, a l'a l'diablle dans la pia ![19] Arrêtes de voir le mal partout Emilien ! »

« Ecoutes Simone, je t'amènerai à la bibliothèque si tu le souhaites vraiment ! » s'exprima Archibald.

« Merci Archibald, vers 10H, c'est possible ? »

« Oui Simone ! Bon, il est tard, je vais rentrer » ajouta Archibald.

« Je vais faire de même ! » enrichit Emilien.

« Merci Simone pour ce bon repas et à demain ! » fit Archibald.

« Merci maman pour ce repas comme je les aime, ferme bien la porte derrière toi, je t'appelle demain. »

« Merci à tous les deux, rentraient bien et soyez prudent ! »

---

[19] Thiau drôle, a l'a l'diablle dans la pia : Ce gamin, elle a le diable dans la peau

Chapitre 6

Le lendemain à 10 h, Archibald arriva pour venir chercher Simone et tous deux partirent en direction de la bibliothèque.

« En route Archibald, la bibliothèque nous attend ! »

« Simone, tu n'es pas sérieuse ! Tu veux te mettre à lire ? »

« Bien sûr que non, Archibald ! Mais si j'avais dit à Emilien ce que j'avais derrière la tête, il m'aurait encore braillé dessus. »

« Et à quoi penses-tu ? »

« Hier soir, tu as vu une voiture sur les photos, enfin, le bout d'une voiture. »

« Oui et alors ? »

« Tu as dit que tu pensais que c'était une Citroën DS ? »

« Oui, mais je n'en suis pas sûr, Simone ! »

« Je souhaite aller à la bibliothèque pour voir les journaux de l'époque ! »

« Les journaux de l'époque mais pourquoi ? »

« Hum ! J'ai mon idée ! Mais racontes-moi une fois de plus ce qu'il s'est passé il y a de cela 30 ans avec cet accident de voiture. »

« Simone, je t'ai déjà tout dit. Pierre est parti il y a de cela 40 ans avec notre ami Jacques aux Etats-Unis. Ils sont revenus tous les deux 10 ans après pour les obsèques du père de Pierre, ils voulaient rester un mois mais Jacques a dû partir précipitamment. Pierre lui a prêté sa voiture pour aller à la gare et Jacques a eu un accident. »

« Pourquoi il a dû partir ? »

« Je crois mais je n'en suis pas sûr, pour un souci familial et puis Jacques s'était luxé l'épaule droite, un repos auprès de sa famille ne lui aurait fait que du bien. »

« Tu dis que Jacques s'était luxé l'épaule droite ? »

« Oui pourquoi ? Tu sais Simone, je suis allé avec mon père à l'époque sur le lieu de l'accident, entant que garagiste. Nous devions dégager la voiture du fossé et quand nous sommes arrivés, les pompiers étaient encore présent, ils désincarcéraient Jacques qui était coincé dans la voiture. Je ne vois pas ce que tu cherches ?

« Je veux juste vérifier quelque chose !!!! »

« Comme tu veux !!! »

Arrivés à la bibliothèque, Simone et Archibald entrèrent. Simone fila comme une anguille sans passer par l'accueil. Georgette, la bibliothécaire, voyant Simone avancer à toute vitesse l'arrêta :

Hop, hop, hop !!!!! Simone, c'est toi ? Mais que viens-tu faire ici ?

Contrariée Simone respira profondément :

« Bonjour Georgette, je n'ai pas le droit de venir à la bibliothèque ? »

Georgette se mit à rire.

« Laisse-moi me pincer, dit Georgette, ça fait des années que tu habites ici et tu n'as jamais mis les pied dans cette bibliothèque. »

« Eh bien ! Il faut bien une première fois » répondit Simone calmement.

Simone avance pour se diriger vers les allées mais Georgette l'arrêta de nouveau.

« Non ! Non ! Non ! Tu dois passer à l'accueil Simone, et me donner ta carte de membre ! »

« Tu viens de dire que je n'avais jamais mis les pieds dans cette bibliothèque, alors penses-tu vraiment que j'ai une carte de membre GEORGETTE !!!! » en criant.

Simone commence à perdre son calme.

« Ne crie pas Simone !!!!! Ici les gens recherchent le calme ! Je suis désolée mais c'est la règle pour tout le monde ! Si tu n'as pas de carte de membre, il faut faire une inscription et pour cela je vais te donner la liste des pièces dont j'ai besoin. »

« Gad'don si a biche ![20]Ça te fait plaisir de me torturer, Georgette ! Tu as oublié certaines petites choses Georgetttttteeeee ! Quand je travaillais à la mairie, qui t'as donné ce poste à la bibliothèque municipale ? Qui t'as soutenu lorsque ton mari s'est fait la malle avec la maîtresse d'école de ton gosse ? C'EST MOI GEORGETTTTEEEEE !!!!!!!!! Elle est belle l'amitié !!!!! »

« Bon ! Ça va ! D'accord ! Mais que pour cette fois-ci Simone ! Après il faudra t'inscrire ?

« C 'est quelle allée les journaux de l'époque ? »

« Les journaux ? Tu veux lire des journaux ? » s'exclama Georgette.

« Ecoute Georgette, je n'ai pas à t'expliquer, c'est confidentiel ! »

« Confidentiel ? Archibald, elle n'aurait pas perdu la tête la Simone ? »

---

[20] Gad'don si a biche : Regarde donc comme elle a l'air fière

« Hé dit donc la Georgette !!!! Tu ne racontes pas les histoires écrites dans les livres aux lecteurs ? C 'est confidentiel ! Et bah moi c'est pareil ! Tu nous montres le chemin ? Ou je dois courir dans toutes les allées et déranger tout le monde ? »

Exacerbée par Simone, Georgette céda et les accompagna jusqu'à l'allée concernée.

« Voilà ! C 'est ici Simone » dit Georgette.

« Mais c 'est un ordinateur ? » répliqua Simone.

« Oui nous gardons tous les journaux informatisés cela est plus pratique et la recherche plus évidente ! »

« Archibald, tu serais faire marcher se machin ? » demanda Simone.

« Oui bien sûr ! Simone. »

« Mais je peux t'aider si tu veux ? » ajouta Georgette.

« Oh Non ! dit Simone, il y a du monde à l'accueil qui t'attend, va Georgette ! »

Soupirant, Georgette acquiesça et d'un sourire ironique ronchonna.

« Bien Simone, je vous laisse alors ? »

« C'est ça ! Georgette » répliqua Simone.

Archibald chercha la période et l'année dans les faits divers et trouva l'accident.

« Tiens Simone, le voilà ! » dit Archibald.

« Alors ! Qu'est-ce qu'ils disent ? Un homme de 38 ans, Jacques Mordit est décédé, blablabla, il est décédé avec la voiture de Pierre Benson l'acteur, une Citroën DS…… blablabla, ha ! Regarde Archibald, il y a des photos de la voiture. »

Simone regarda les photos scrupuleusement.

« Tu vois ce que je vois Archibald ? » fit Simone.

« Non Simone que vois-tu ? »

« Laisses, imprimons cette photo ! Et allons vite à la scène nationale, il faut également téléphoner à Emilien. »

« Pour imprimer, il faut appuyer ici et récupérer la feuille à l'accueil mais je crois que c'est payant ! Et je n'ai pas de téléphone portable Simone, il faut demander à Georgette. »

« Eh bien ! Allons voir la Georgette ! » s'écria Simone.

Simone arriva calmement et demanda poliment à Georgette :

« Georgette, pourrai-je contacter Emilien ? »

« Non ! Les appels personnels sont interdits et le téléphone n'est réservé qu'aux personnels de la bibliothèque ! Désolé Simone. »

Simone garda son calme mais sa patience commençait à devenir très limite. Sereinement mais agacée, elle répondit :

« Alors je vais te demander de contacter la police Georgette, ça tu peux le faire ! Et tu te dois de le faire ! Tu dis à la police de se rendre à la scène nationale d'Angoulême ! »

« Et pour quelle raison Simone ? »

Simone s'agace de plus en plus.

« C 'est CON-FI-DEN-TIEL Georgette ! Quand une personne te dit d'appeler la police, tu appelles la police GEORGETTE !!!!! Ha ! J'ai également imprimé une feuille, pourrais-tu me la transmettre ? »

« Oui tiens la voilà, fit Georgette, pas la peine de t'énerver ! Ça te fera 0,20€, Simone. »

La goutte de trop pour Simone qui s'énerve fortement :

« Alors là ! Tu sais où tu peux te les carrer tes 0,20€ Georgette !!! Appelles plutôt la police !!!! »

Simone s'en va rapidement avec Archibald, Georgette se mis à crier derrière son accueil.

« SIMONE!!!!! REVIENS!!!!! »

« Thiau diabl' de fumelle, a l'est pas agralante ! »[21] fit Simone en lui faisant un bras d'honneur.

---

[21] Thiau diabl' de fumelle, a l'est pas agralante : Cette horrible mégère, elle n'est pas aimable

« J'ai entendu et vu Simone ! Tu es grossière !!! » cria Georgette.

Simone poussa la porte de la bibliothèque et avec Archibald les voilà partis à la scène nationale. Georgette contacta la police.

« La police, bonjour. »

« Je souhaite parler à Emilien Boisseau s'il vous plait ! » répliqua Georgette.

« Le chef n'est pas là mais comment vous appelez-vous et que lui voulez-vous ? »

« C'est Georgette de la bibliothèque municipale. Simone, sa mère a perdu la tête ! Elle est possédée, il faut absolument qu'il se déplace à la scène nationale. »

« Nous le contactons de suite, merci. »

Pendant ce temps-là, Emilien arriva au garage de Théo, le fils d'Archibald.

« Salut Théo »

« Tiens donc Emilien ! Que me vaut la visite de la police ? »

« J'ai besoin d'un renseignement, j'ai eu l'avis de ton père hier qui m'a conseillé de venir te voir pour confirmation. »

« Je t'écoute ! »

Emilien donna les photos à Théo.

« Pourrais-tu me dire de quel modèle de véhicule il s'agit ? »

Théo regarda scrupuleusement les photos.

« Il s'agit d'une Citroën DS. »

« Sans aucun doute ? » ajouta Emilien.

« Oui, je reconnais les phares et le bas de caisse. Pourquoi papa t'a dit autre chose ? »

« Non, il m'a dit la même chose que toi. »

Emilien pensait. Il se demandait bien ce que Philippe Verjot faisait avec ses photos. Son téléphone sonna.

« J'écoute » fit Emilien au téléphone.

Il s'agissait de son collègue.

« Georgette de la bibliothèque vient de nous contacter et te demande d'aller à la scène nationale apparemment ta mère aurait perdu la tête. »

« J'étais au garage ! fit Emilien, je viens de finir, je fonce.»

« Une urgence ? » demanda Théo

« Non ! Encore ma mère qui fait des siennes » soupira Emilien.

Théo ria !

« Bon courage alors ? »

« Merci Théo, à bientôt » rajouta Emilien.

 Dans la voiture Archibald demanda à Simone :

« Que s'est-il passé entre Georgette et toi pour que vous ayez une telle rancœur, vous étiez pourtant amies ? »

Ennuyée, Simone répondit :

« C'est une emmerdeuse Archibald !!!!! Et je n'ai rien à dire de plus. »

« T'énerves pas Simone, c'était une simple question » fit Archibald.

Simone et Archibald arrivèrent devant la scène nationale d'Angoulême, Emilien était déjà là. Tous deux s'approchèrent, Simone voulait parler à son fils mais il ne lui en a pas laissé le temps.

Emilien visiblement hors de lui :

« Maman, ça suffit !!!!!!! Georgette nous a contacté en disant que tu avais perdu la tête !!! »

« Ce n'est pas vrai, je vais bien ! Emilien, cette mégère est cinglée ! » répliqua Simone.

« Je ne veux plus rien entendre ! Tu n'as pas été à la bibliothèque pour y lire un livre, c'est ça ? Mais fourrer ton nez ! Je te ramène à la maison et j'appelle le médecin. »

« Tu me ramèneras nulle part ! s'écria Simone !!! Je sais ce qu'il s'est passé avec ce Philippe ! »

« Ho, là ! Mais Georgette avait raison, tu as perdu la tête ! Archibald, je ne te félicite pas, tu pourrais la raisonner ? »

« Hein ! V'là que c'est moi le problème maintenant ! mais va essayer de dire non à ta mère ! Emilien !! »

« Maman, montes dans la voiture, on y va ! J'ai du travail qui m'attend, j'étais au garage et j'attends l'appel de la psychiatre de Paula Chaurien. Je n'ai donc pas que ça à faire d'entendre tes inepties. »

« Non ! Je ne monterai pas ! Et pour une fois, écoutes-moi ! implora Simone à son fils. Ce n'est pas cette Paula qui à tuer ce Philippe ! Et je ne bougerai pas tant que tu ne m'auras pas écouté. »

Constatant sa mère sérieuse :

« Bon ! Je vais t'écouter pour la dernière fois et après je te ramène que tu le veuilles ou non ! C'est clair ? »

« C'est tout ce que je te demande Emilien. »

« Je t'écoute ! » dit Emilien.

« Il faut rentrer dans la salle pour que je m'explique ! »

« C'est la meilleur ! Tu veux déranger tous ce monde et les répétitions pour nous raconter une théorie foireuse !!!!!! » dit Emilien.

« Sois poli Emilien ! Je ne tolère pas ton langage irrespectueux et ma théorie n'est pas fumeuse, elle est la réalité exacte des faits ! »

Dépité et fatigué, Emilien emboita le pas de sa mère et d'Archibald avec un signe de la main en direction de la porte d'entrée de la scène nationale. Simone entra la première, Archibald le second et en dernier Emilien. Les répétitions avaient lieu, les acteurs et les petits rôles étaient tous à répéter une scène. Lorsque le metteur en scène Gabriel aperçut Simone, Archibald et Emilien, il annonça une pause.

Le metteur en scène s'approcha :

« Que puis-je faire pour vous ? »

Emilien ne sachant pas trop quoi répondre :

« Ma mère et Archibald ont quelque chose à vous dire ! Et je tenais à être présent. »

« Très bien, je vous écoute. »

« Ce n'est pas à vous monsieur que nous souhaitons parler mais à Pierre ! » répliqua Simone.

Pierre arriva vers Simone et Archibald.

« Mes amis !!! Vous êtes venus nous voir jouer ? »

« Pas cette fois-ci » dit Simone.

« Ha et bien que me vaut votre présence ? répliqua Pierre.

« Pierre, dit Simone, j'aimerai vous parler. »

« Je vous écoute Simone. »

« Il y a de cela 30 ans, vous êtes revenu à Angoulême avec votre ami Jacques pour les obsèques de votre père ? »

« C'est exact Simone. »

« Sachez Pierre que j'ai tout compris ! Depuis combien de temps votre ancien agent Philippe vous faisait chanter ? »

Pierre ricana.

« Simone, vous avez vraiment tout compris ? Mais de quoi parlez-vous ?»

« Oh oui ! Malheureusement ! J'ai rassemblé les morceaux ! Emilien, mon fils, à trouver des photos chez ce Philippe où l'on pouvait y voir des morceaux de voiture, certes brûlées mais suffisant pour y voir un morceau de voiture et précisément d'une Citroën DS. Je me suis donc interrogée ? Pourquoi ce Philippe détenait des photos d'une DS et qui plus est, vous en aviez une, à l'époque ! J'ai pu comprendre que vous aimiez faire la fête et que l'alcool coulait à flot avant cet accident !

Je me suis donc une nouvelle fois interrogée, pourquoi ne buvez-vous que de l'eau depuis cet accident ? Et pour finir, cette pièce vous tenez à cœur, vous l'avez écrit et y avez mis toutes vos tripes ! Pourquoi s'associer à 80% avec ce Philippe ? »

« Bon raisonnement Simone, mais je ne vois pas où vous voulez en venir et en quoi Philippe me faisait chanter ? Mais poursuivait, je vous en prie » s'exprima Pierre.

Simone poursuit :

« Lorsque nous étions au restaurant, j'ai vu que vous étiez mal à l'aise de voir ce Philippe. Archibald m'a confié que votre ami Jacques s'était blessé à l'épaule droite. Lorsque Jacques s'est tué dans cet accident de voiture, les journaux disaient qu'il était seul ! Sauf qu'en regardant les photos à la bibliothèque, je me suis aperçue que se trouvait une bandoulière sur un des sièges. Vous nous aviez dit qu'à l'époque vous déteniez une Citroën DS boîte manuelle et que vous en preniez grand soin.

Il me parait difficile d'une part que vous ayez prêté votre véhicule à votre ami Jacques par peur qu'il abîme ce beau bolide, comme vous nous l'avez dit, et de l'autre qu'il est pu conduire le véhicule en ayant le bras droit en bandoulière, c'est compliqué pour passer les vitesses, vous ne croyez pas Pierre ? Je pense que c'est vous qui conduisiez ? Vous pouvez continuer à mentir ? Ou vous libérer ?

Pierre mis ses mains sur son visage et se mit à pleurer et craqua :

« Cela faisait une semaine que j'avais enterré mon père. Pour me détendre, nous avions décidé de faire une petite fête avec Jacques. Nous avions invité Philippe. Jacques et moi-même avions beaucoup bu ! Jacques a reçu un appel téléphonique lui annonçant qu'il était pris pour le rôle principal d'un grand film. Il a voulu aller à la gare et partir de suite. En effet, il ne pouvait pas conduire, son épaule droite était luxé alors je l'ai amené. Philippe n'était pas d'accord car nous avions trop bu tous les deux, mais nous avons refusé de l'écouter.

En route vers la gare, j'ai pris mon virage trop large et nous avons atterri dans le fossé. Jacques est mort sur le coup et moi j'étais sonné. Philippe n'étant pas rassuré avait décidé de nous suivre. Lorsqu'il est arrivé sur le lieu de l'accident, il m'a de suite mis dans sa voiture et mis le corps de Jacques à la place du conducteur en faisant en sorte de le coincer. Nous sommes partis et Philippe à appeler les pompiers anonymement. Depuis ce soir-là, j'ai arrêté de boire. »

« Poursuivez ! » dit Emilien.

« Je suis reparti aux États-Unis. Un an après mon départ d'Angoulême, je vois débarquer Philippe avec des photos compromettantes. Lorsque je suis resté sonné dans le véhicule, Philippe en a profité pour prendre des photos avant de me dégager et de me mettre dans sa voiture. Il me faisait chanter avec ses photos !!!!
Il me prenait tout, mes cachets, 80% de part de mes films et il ne s'arrêtait pas. Alors j'ai décidé d'arrêter ma carrière, fini le cinéma et le théâtre pour moi.

Mais la scène me manquait. Pendant des années j'ai travaillé sur cette pièce et je pensais qu'il m'avait oublié. Je suis donc revenu dans ma belle ville natale pour finaliser mon projet mais Philippe m'a retrouvé et dès qu'il a su que je remontais sur les planches, il a de suite voulu une part du contrat. Je l'ai supplié de me laisser en paix, j'étais vieux et fatigué mais il ne voulait rien entendre. J'ai perdu mon sang froid ce soir-là, je l'ai poussé et il est tombé en se cognant la tête sur le bord d'une table. »

Pierre s'écroula au sol et se mit à pleurer.

« Pierre Benson, je vous arrête pour meurtre » fit Emilien.

Archibald était choqué et abasourdi.

« Pierre pourquoi tu ne m'as rien dit ? J'aurais pu t'aider ? » fit Archibald.

« J'avais trop honte Archibald » dit Pierre.

L'homme est amené sous les yeux de tout le monde.

« Archibald, je suis sincèrement désolé » répliqua Simone.

En pleurant Archibald répondit à Simone :

« Si tu avais compris que c'était lui, pourquoi tu ne me l'as pas dit ? C'était mon ami Simone !!!! »

« Justement Archibald, c'était ton ami, tu n'aurais pas voulu m'entendre et me croire ! dit Simone. Rentrons ! »

Archibald ramena Simone et lorsqu'il arriva devant chez elle, elle lui demanda :

« Tu veux entrer prendre un ch'ti Canon ! »

« Crois-tu vraiment que j'ai la tête à ça Simone ? répondit Archibald. Je préfère rentrer, j'ai eu ma dose pour aujourd'hui ! »

Le lendemain, Emilien rendit visite à sa mère, il n'était pas seul, il était accompagné d'Archibald.

« Archibald, quel plaisir de te voir ! Tu ne m'en veux plus ? » demanda Simone.

« Je ne t'en ai jamais voulu Simone, si ce n'est pas toi qui l'avais découvert, Emilien l'aurait fait un jour ou l'autre » s'exprima Archibald.

Les deux amis se sont pris dans les bras, heureux.

« Dis-moi Emilien, qui a mis le feu à la maison finalement ? » ajouta Archibald.

« Ce n'est pas Paula Chaurien, je l'ai d'ailleurs libérée. Elle est repartie mais j'ai eu sa psy qui va la faire interner car elle ne prend pas ces médicaments correctement. Ce n'est ni Gabriel, ni Emilie, les deux associés de Pierre, ils ont tout perdu et sont repartis aux États-Unis et devront repartir de zéro car comme vous l'avez compris la pièce de théâtre n'aura finalement pas lieu.
Il s'agissait de Pierre, il avait essayé de chercher les photos dans la maison de Philippe mais ne les avait pas trouvés, alors il n'a pas trouvé mieux que d'y mettre le feu pour effacer toutes preuves compromettantes contre lui. Il n'avait d'ailleurs jamais appelé les pompiers et ça je l'aurai su tôt ou tard. »

« Il faut dire que tu manquais d'éléments, rajouta Simone. Pierre avait arrêté de boire mais n'étant pas au restaurant tu ne pouvais pas le deviner, de même pour sa Citroën DS ! Et je t'assure que sur le moment, ces détails ne me paraissaient pas importants. »

« Peu importe maman ! Ce qui compte c'est que cette enquête a été résolue et que les habitants de la ville puissent reprendre le court de leurs vies sans avoir peur. »

Simone s'adressa à Archibald et Emilien.

« Bon maintenant que cette mésaventure est finie, un ch'ti Canon ? »

« Oui maman mais je ne veux plus te voir mettre ton nez dans mes enquêtes ! Est-ce clair ? » rajouta Emilien.

« Très clair mon fils » répondit Simone en ricanant.

« Et maintenant que tu as du temps libre, tu vas pouvoir te mettre à la lecture Simone » plaisanta Archibald.

« Hors de question ! » sourit Simone.

Simone, Archibald et Emilien se mirent à boire de la bonne eau de vie autour de la table tout en plaisantant.

FIN !

Patois Charentais
Les Expressions

[1] **Thiau vielle, l'arrêtra donc pas d' beuler !** : Cette vieille femme, elle ne s'arrêtera donc jamais de pleurnicher !

[2] **Qui qu't'as à t'éjabrailler d'même ?** : Qu'est-ce que tu as à hurler de cette façon ?

[3] **Le bounome, a l'est pas cor calanché ?** : Le vieil homme il n'est pas encore mort ?

[4] **Arrêt' de beurdoquer l'tareuil, o va teurtou cheur** : Arrête de secouer le verrou comme ça sinon tout va tomber.

[5] **O l'a queuquin dans thiau cagna ?** : Il y a quelqu'un dans cette maison ?

[6] **Godaille** : Verser du vin dans le bouillon de la soupe.

[7] **Asteur** : Maintenant

[8] **O sent l'grailloux par ici !** Ça sent le graillon par ici

[9] **O l'est la beurnée d'o goret** : C'est la pâtée du cochon

[10] **Qui va châ p'tit va loin :** Qui va lentement, à petits pas peut parvenir très loin.

[11] **O l'est tout à la valdrague dans c'te baraque :** tout est en désordre dans cette maison

[12] **Rabale tes gueuilles ! I'ai trouvé in calanché :** Dépêche-toi d'arriver ! J'ai trouvé un mort

[13] **I va t'mette in calote !** : Je vais te mettre une gifle.

[14] **Toutes ces histouères, o l'est que des mentries** : Toutes ces histoires, ce ne sont que des mensonges.

[15] **Qu'est-o qu'tu beurdasses** : qu'est-ce que tu fabriques

[16] **Thiau drôle, l'arrêtra donc pas d' beuler !** Ce gamin, il ne s'arrêtera donc jamais de pleurnicher !

[17] **o l'est que des mentries :** Ce ne sont que des mensonges

[18] **Thiau drôle d'puis queuques temps, l'est hissable** : Depuis quelques temps, ce gamin est vraiment insupportable.

[19] **Thiau drôle, a l'a l'diablle dans la pia** : Ce gamin, elle a le diable dans la peau

[20] **Gad'don si a biche** : Regarde donc comme elle a l'air fière

[21] **Thiau diabl' de fumelle, a l'est pas agralante** : Cette horrible mégère, elle n'est pas aimable